EL MANISERO

El MANISERO

Carmen Agra Deedy

Ilustrado por
Raúl Colón

Traducido por
Emily Carrero-Mustelier

MARGARET QUINLIN BOOKS
PEACHTREE
ATLANTA

La canción del manisero
atravesaba las calles de La Habana Vieja,
suave y brillante como
un lazo de terciopelo rojo.

Cuando la canción llegaba a mi ventana,
abría suavemente las persianas.
Una ráfaga de aire salado entraba por ellas,
junto al conocido aroma del maní.

Y eso significaba...

—¡Emilio! —le gritaba, mientras
el viejito daba un paso bajo
la luz del farol, como un actor
en un escenario.

Vestía un sombrero alegre.
Su cara, tan arrugada como
viejas hojas de tabaco,
se transformaba con una
sonrisa desdentada.

—¡Coquí! —me saludaba.
Se sabía el nombre de todos
y todos conocíamos
al manisero.

Era hora de jugar nuestro
juego.

Metía mis pulgares en mis oídos, sacaba la lengua y hacía nuestro sonidito bobo...

¡*LERO, LERO, LERO!*

Emilio se tocaba el pecho, asustado... antes de sonreír ampliamente y sacar la lengua.

¡*LERO, LERO, LERO!*

Nos encantaba jugar ese juego.

Todas.

Las.

Noches.

Pero una noche todo cambió.

Mientras mami me arropaba para dormir, me dijo que tenía que ser valiente. Nos iríamos de Cuba para los Estados Unidos.

—¿Por qué? —pregunté.
De hecho, tenía muchísimas preguntas.

—Porque tu papi es muy gentil, pero tiene sus propias *opiniones*. Y tener opiniones, en nuestro país, puede ser peligroso —dijo mientras suspiraba, acercándome a ella.

—¿Volveremos? —pregunté.

Me abrazó fuerte y susurró:
—Trata de no preocuparte. Estaremos juntos y eso es lo único que importa.

Pero eso no respondía mi pregunta.

¡MANÍ! ¡MANÍ!

Mi amigo apareció cuando más lo necesitaba.

—¡Emilio! —lloré—. Nos vamos.
Le conté todo.

—Creo que te va a gustar tu nuevo país —me dijo.
Y, bajando la voz, añadió—: Dicen que es la tierra
de la abundancia, la libertad... y el béisbol.

Espérate... *¿qué?*
Me sequé las lágrimas con los brazos.

¿Béisbol?

—¡A mí me *encanta* el béisbol! —exclamé.

—¿Ves? Ya hay algo que te gusta de tu nuevo país —dijo—. Pero no olvides a tu amigo Emilio.

—¡Nunca! —le prometí—. ¡Nunca!

Su respuesta fue sacar la lengua.
¡Lero, lero, lero!

¡Lero, lero, lero!
Le contesté mientras se marchaba.

—¡Hasta mañana! —le grité.

—¡Adiós, Coqui! —contestó.

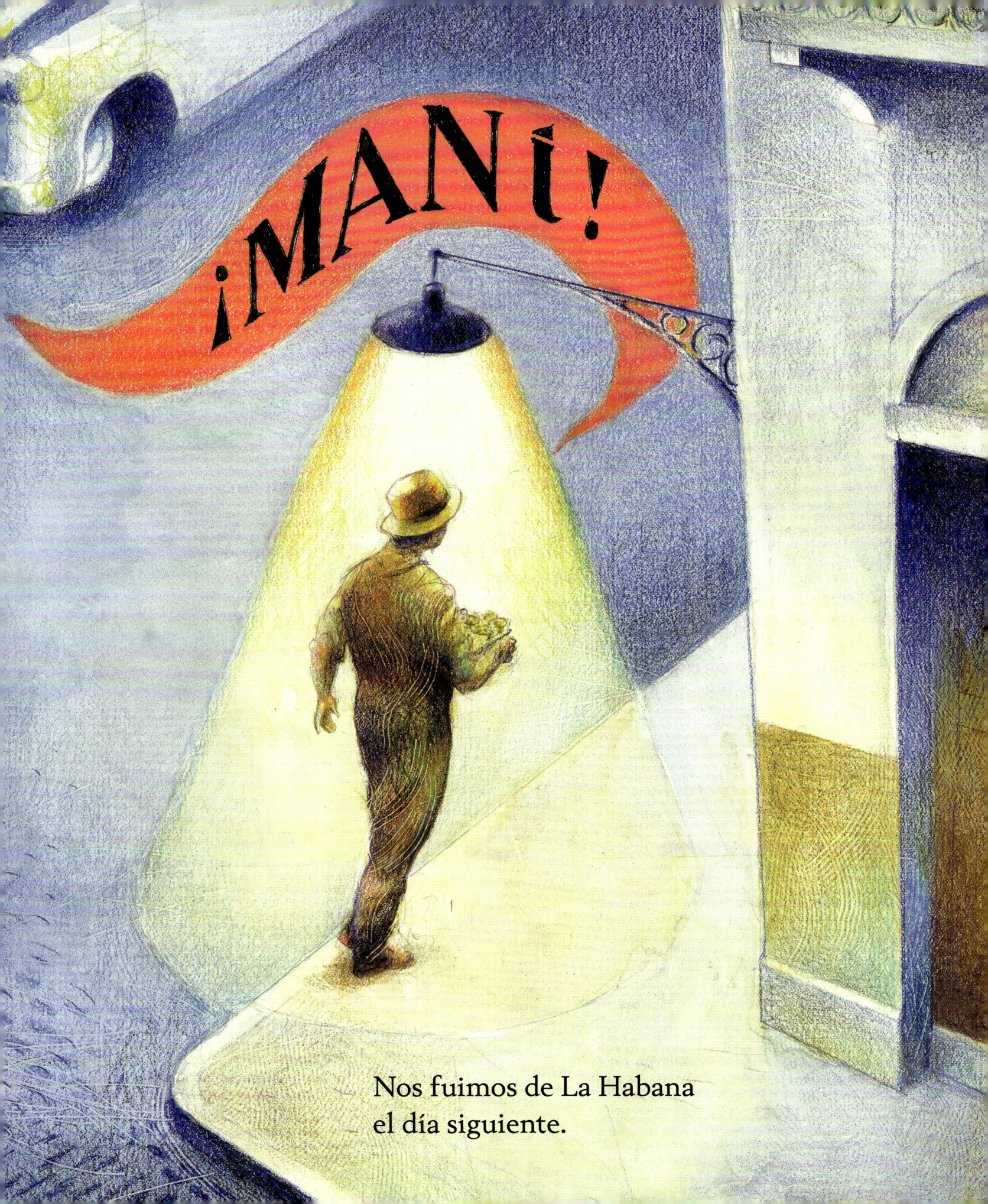

Tardamos meses en llegar a nuestro nuevo hogar en Decatur, Georgia.

Esa primera noche, el viento azotaba las ventanas
de nuestro apartamento en un ático.
Papi las selló con cinta adhesiva plateada y brillante.

Mi hermana Tersi me dijo que por eso no escuchábamos
la canción del manisero.
Nos quedamos dormidas con el repiqueteo del radiador
y esperamos a que llegara la primavera.

¡La primavera llegó y quitamos la cinta de las ventanas!

Pero ningún manisero cantó esa noche, ni ninguna otra.

Llegaron y pasaron tres primaveras más en Georgia. Hice nuevos amigos, aprendí algo de inglés y jugué un juego divertido sobre un puente que se derrumbaba.

Pero extrañaba mi tierra.
Estaba aquí. Extrañaba estar allá.
Una cosa me recordaba mi hogar...

¡El béisbol!

Cada temporada, papi y yo escuchábamos los juegos en la radio.

En 1966, los Bravos de Milwaukee se mudaron a Atlanta. El jardinero Henry Aaron rápidamente se convirtió en nuestro jugador favorito.

Ese otoño, papi me tenía una tremenda sorpresa de cumpleaños: dos tiques para el estadio nuevo. ¡Íbamos a ver a Hammerin' Hank Aaron!

¡Ay, ay, ay!

Era una calurosa tarde de septiembre cuando caminamos hasta el estadio. El aire apestaba a grasientas papas fritas, gente sudorosa y baños sucios.

Me tapé la nariz.

—¡Papi, qué PESTE! Vámonos para la casa y escuchemos el juego en la radio —le rogué.

—Coqui —dijo papi—, el béisbol se parece mucho a la vida misma: si logras soportar el olor, *te va a encantar el juego.*

—Espero que tengas razón —refunfuñé.

El público estaba de pie cuando llegamos a nuestros asientos.
—¿Qué pasa? —le grité a papi.
Me cargó y vi a Henry Aaron, el #44, corriendo en el campo.

Había tanto ruido, entre aplausos y silbidos, que casi me lo perdí.

¡El manisero!
¿En el estadio?
¡Entonces *ahí* era donde lo tenían!

Pero no se parecía nada a mi Emilio.

Sus cachetes estaban colorados por el sol del mediodía. Tenía una gorra de papel y una sonrisa natural, que revelaba una fila llena de dientes blancos como la leche.

—¡Mira, papi! ¡Maní! Cincuenta bolsas, por favor —ordené.
Papi se rio y me compró una bolsa.
Una caliente, grasienta y deliciosa bolsa de maní.

La acerqué a mí y aspiré su glorioso aroma.
Se me hizo un nudo en la garganta y una lagrimota
me corrió por la mejilla.

—¿Estás bien, nenita? —preguntó el manisero.

—Me llamo Coqui —murmuré.

—Bueno, yo soy Big Dee. Encantado de conocerte, Corky. ¿De dónde eres?

—De Cuba —dije, mordiéndome el labio.

—Mmm, escuché que tuvieron unos problemitas por allá.

—¡No fue mi culpa! —resoplé.

Cuando el manisero se empezó a reír, yo...

¡LERO, LERO, LERO!

Varios adultos bufaron.
Mi atónito padre abrió la boca para decir algo.

Big Dee levantó una ceja peluda. —¿Estás bien, cariño?

Como no le respondí,
se acercó y...

Y en ese bello momento...
Estaba aquí.
Estaba allá.
Estaba en mi tierra.

Nota de la autora / Epílogo

Las historias son llaves.

Abren mentes.

Abren puertas.

Hace más de veinte años, esta historia abrió una puerta y apareció otro capítulo, avanzando de puntillas, esperando ser contado.

Una tarde, después de contar la historia de El manisero en la escuela secundaria de mis hijas, una madre se me acercó para preguntarme si estaría dispuesta a ir a su casa y contársela a algunos amigos de su familia. Ella era una persona encantadora y una madre más, así que accedí.

No le pedí detalles.

Qué tonta yo.

Unas semanas más tarde, llegué a su casa y mi anfitriona me recibió calurosamente en la puerta. Cuando entramos al comedor, vi que otros invitados ya estaban sentados. No conocía a ninguno de ellos. Entonces un hombre se levantó y extendió la mano a modo de saludo. Una voz profunda y resonante que nunca olvidaré dijo: "Señora Deedy, es un placer conocerla. Tengo entendido que cuenta una historia sobre mí. Me llamo Henry Aaron".

Creo que tal vez dejé de respirar... al menos brevemente. Estaba cara a cara con el héroe de mi infancia. E iba a contarle una historia.

¡Era algo maravilloso!
¡Era algo *terrible*!
Cuando terminó la cena, ya me había calmado un poco. Mientras repetía la historia, mi voz se quebró una o dos veces y olvidé algunos detalles. Pero la conté. El señor Aaron escuchó y rio en los momentos correctos. Al final parecía triste. "¿Volvió a ver a Emilio alguna vez?", preguntó.

"No", dije, y él se quedó en silencio por un momento. Luego dijo: "Usted y su familia pasaron por un momento difícil. Su padre suena como un hombre que luchó por lo que creía". Sabiendo que este hombre tranquilo había ayudado a romper la barrera del color, sonreí y dije: "Bueno, señor Aaron, usted hizo precisamente lo mismo, pero lo hizo con un bate".

Hank Aaron habló con mi padre, Carlos, esa noche. Hasta el día de hoy no sé qué se dijeron. Pero unas semanas después recibí un paquete. Dentro había un bate de béisbol. Decía: "Con mis mejores deseos para Carlos, de parte de Hank Aaron".

Las historias son llaves.
Abren mentes.
Abren puertas.
Y, a veces, como en el partido de béisbol, nos transportan a nuestra tierra.

Para mi adorada hermana Tersi,
mi primera y mejor cuentacuentos —C.A.D.

En recuerdo del único y fabuloso
Carl Handwerker —R.C.

Publicado por Margaret Quinlin Books
Un sello de Peachtree Publishing Company Inc.
1700 Chattahoochee Avenue
Atlanta, Georgia 30318-2112
PeachtreeBooks.com

Texto © 2025 Carmen Agra Deedy
Ilustraciones © 2025 Raúl Colón
Guardas © 2025 Katie Deedy Robison
Traducción al español © 2025 Peachtree Publishing Company Inc.
Simultaneously published in English as *The Peanut Man*

Todos los derechos reservados. Está prohibida la reproducción, el almacenamiento en un sistema de recuperación o la transmisión en cualquier forma o por cualquier medio —electrónico, mecánico, por fotocopia, grabado o cualquier otro— de cualquier parte de esta publicación, salvo citas breves en reseñas impresas, sin la autorización previa de la editorial.

Traducción: Emily Carrero-Mustelier
Diseño del libro: Jennifer Browne
Editado por Margaret Quinlin y Vicky Holifield
Las ilustraciones fueron creadas con acuarelas, lápices de colores
y lápices litográficos sobre papel para acuarela.

Impreso en noviembre de 2024 por C&C Offset, Shenzhen, China.
10 9 8 7 6 5 4 3 2 1
ISBN: 978-1-68263-803-3

Los datos de catalogación y publicación se pueden obtener de la Biblioteca del Congreso.

Emily Carrero-Mustelier es la traductora de *Martina tiene muchas tías*, de Emma Otheguy, libro que recibió el premio al mejor libro ilustrado en español del Comité del Libro Infantil de Bank Street. De igual manera, es la traductora de *El río es mi mar*, de Rio Cortez, y de *Eloísa y su ventanita musical*, de Margarita Engle. Nacida y criada en La Habana, Cuba, llegó a Estados Unidos como refugiada. Obtuvo su licenciatura en la Universidad de Columbia y actualmente radica en Boston mientras cursa un doctorado en Ciencias de la Tierra y Planetarias en la Universidad de Harvard.